www.tredition.de

AF177017

Celine van der Hoofd

Seele wohin?

Wege suchen - Wege finden - Wege gehen

www.tredition.de

© 2018 Celine van der Hoofd

Verlag und Druck: tredition GmbH, Hamburg

ISBN
Paperback: 978-3-7469-8543-5
Hardcover: 978-3-7469-8544-2
e-Book: 978-3-7469-8545-9

Vorwort

In unserem Leben gibt es immer wieder Situationen, an denen wir an einem Scheideweg stehen. Manchmal sind es nur kleinere Entscheidungen, die man treffen muss, manchmal sind es tief einschneidende Momente, die uns zwingen, still zu stehen und tief in uns zu gehen. Plötzlich wird alles in Frage gestellt, bis hin zum eigenen Selbstwertgefühl. Und während man mit sich und seiner Situation kämpft, geht draußen das Leben weiter, als sei nichts gewesen, als sei man der einzige in dieser Welt, der gerade über die eigenen Füße strauchelt. Dazu kommt, dass einem oftmals die Worte oder Möglichkeiten fehlen, dieses innerliche Chaos auszudrücken.

Diese Situationen, Gefühle, Empfindungen sind nicht nur die Ergebnisse unserer hektischen Zeit. Nein, schon vor mehr als 2500 Jahren kannten die Menschen solche Situationen. Die Psalmen in der Bibel sind ein wunderschönes Spiegelbild dessen, was die Menschen früher und auch heute noch fühlen und empfinden. Sie berichten von jubelnder Freude bis hin zum verzweifelten Todeswunsch. Doch der Glaube ist heutzutage nicht mehr selbstverständlich, der Inhalt der Bibel gehört nicht mehr zum Allgemeinwissen unserer Kultur.

Und so soll dieses Büchlein zum einen zeigen, dass es ganz normal ist, wenn man mal an solch einen Scheideweg kommt, und zum anderen soll es Mut machen zum Weiter-

suchen, Weitergehen. Es soll Mut machen, auch unge-
ahnte Seiten, die man hat, neu zu entdecken und zu etwas
Positivem wachsen zu lassen.

Doch im Gegensatz zu vielen anderen kleinen Mutmach-
büchern mit schönen Sprüchen finden sich hier die Mo-
mentaufnahmen wirklicher Empfindungen. Sie geben das
zum Ausdruck, was man in dem betreffenden Moment
spürt und fühlt und nicht das, was man im Nachhinein
empfinden könnte. Es ist wie bei den Psalmen, es gibt den
Empfindungen der Menschen in allen Facetten des Lebens
eine Stimme.

Ich wünsche viel Freude beim Anschauen und Lesen.

September 2018

Celine van der Hoofd

Gott verlangt nicht, dass wir nie schwach werden, sondern dass wir mit gutem Willen stets wieder neu anfangen.

Romano Guardini

Ungewisse Wasser

Man steht am Rand und muss sich entscheiden:

Weitergehen oder stehenbleiben?

Voraus ins Ungewisse oder zurück in die Resignation?

Leben oder aufgeben?

Doch ist Stehenbleiben und Resignation nicht ein Sterben auf Raten?

Was kann man also verlieren, wenn man ins ungewisse Wasser springt?

Wenn ich des Lebens überdrüssig bin, dann ist es doch egal?

Aber diese Gedanken lassen zweifeln. Sie haben ihre Ursache in einer gesunden Sterbeangst. Der Wunsch nach dem Tod ist also in diesem Falle nicht wirklich ein Todeswunsch. Er ist Ausdruck einer tiefen inneren Erschöpfung, er ist der Wunsch nach Veränderung.

Also: Springen!

Herbst wie er sein sollte aber nicht ist

Wie wichtig jede einzelne Jahreszeit, wie wichtig diese Rhythmisierung ist, merkt man erst, wenn sie fehlt.

Das Spiel der Farben, wenn die Sonne mal scheint. Diese wunderschönen bunten Erdfarben der Blätter. Dieses seelenwärmende Spiel der Farben, wenn die Sonne ihnen noch Leben verleiht, so dass sie vor Energie zu explodieren scheinen.

Das braucht der Mensch genauso wie das Weiß des Winters, die zarten Farben des Frühlings und die kräftigen Farben des Sommers.

Neubeginn

Neubeginn bedeutet erstmal stehen bleiben.

Ohne diese innere Einkehr, ohne dieses schmerzhafte Stillehalten, wird aus jedem Neubeginn eine neue Form des Davonlaufens. Man läuft unweigerlich gegen die nächste Wand.

Neubeginn legt die Verbindung von der Vergangenheit zur Zukunft, ohne dass die Vergangenheit als Ballast mitgeschleppt wird.

Aber Neubeginn ist auch schmerzhaft, es bedeutet auch abschließen, ja vielleicht auch Abschied nehmen.

14

Schöpfung 1

Schöpfung ist kein harmonisches und ruhiges Geschehen, es ist etwas gewaltiges, kraftvolles. Es kann laut und bedrohend sein, oder leise und beängstigend. Es ist eine Energieentladung, ausgelöst nur durch das Wort. Das ist es auch, was das ganze Geschehen so beängstigend macht. Die Macht, die ein Wort hat.

Schöpfung 2

Schöpfung ist auch aufbrechen der vorhandenen Struktu-
ren. Wer nach innen hört, sieht die gewaltige Kraft, die
in uns steckt. Wenn wir es zulassen, entstehen neue und
ungeahnte Möglichkeiten.

Wer in Bildern und Farben denkt, sollte in Bildern und
Farben reden dürfen.

Das Ende des Paradieses

Das ungetrübte Leben im Paradies ist zu Ende. Die lebenspendende Verbindung zur Kraftquelle ist unterbrochen. Die Welt und ich mit ihr verdorren.

Ich kann davonlaufen, ich kann mich auf die Suche nach meinem Paradies begeben. Doch irgendwann werde ich mir eingestehen müssen, dass ich es verloren habe, dieses Paradies, dem ich so verzweifelt nachlaufe.

Dieses göttliche Paradies finde ich nicht hier auf Erden.

Das Paradies hier auf Erden ist dort, wo ich mit mir selbst im Reinen bin.

Frühling wie er zu Hause war

Das bedeutet den Duft der Veilchen und der Schlüsselblumen.

Das bedeutet Mundraub (Kirschen) bis der Bauch weh tat.

Das bedeutet im Gras sitzen und die Erde fühlen.

Die Erinnerung ist Wehmut.

Kindheit, zu Hause: Da gab es kein Planen für die Zukunft, es gab keine Vergangenheit, die lähmte. Es gab nur das hier und jetzt.

Barfüßerkirche Erfurt

Nehme ich ein Stückchen Zeit,

so ist das weder der heutige Tag

noch der gestrige Tag.

Nehme ich aber das NUN,

so begreift das alle Zeit in sich.

Das NUN,

in dem Gott die Welt erschuf,

das ist dieser Zeit so nahe,

wie das NUN,

in dem ich jetzt spreche,

und der jüngste Tag

ist diesem NUN

so nahe wie der Tag,

der gestern war.

(Meister Eckhart)

Weites Meer

Erdfarben und Wasser.

Der weite Blick über das Meer.

Der Blick auf zu den Bergen,

der erahnen lässt, dass dort nicht das Ende ist.

Das bedeutet Aufatmen und Freiheit der Wahrnehmung.

Worte

worte

erfüllen ein ganzes land

offene worte

wurden oft verkannt

rauhe worte

sind in das gehirn gebrannt

traurige worte

rauben uns den verstand

ehrliche worte

werden nicht mehr erkannt

Scratch and Scream

nach: Edward Munch, Der Schrei

Auseinandersetzung mit dem eigenen Ich, die Begegnung
mit dem innersten Selbst, befördert so manches zu Tage,
was man nicht sehen möchte.

Man verzweifelt an sich selbst,

man möchte es laut herausschreien, wegschreien,

man möchte die Bilder, ja alles, zerkratzen.

Ist das die Befreiung?

My Way

Oh Herr,

mache mich zu einem Werkzeug deines Friedens;

dass ich Liebe übe,

da wo man mich hasst;

dass ich verzeihe,

da wo man mich beleidigt;

...

(nach Franz von Assisi)

...und wenn ich liebe,

gib, dass meine Liebe sich nicht in Hass verwandelt;

wenn ich beleidigt werde,

gib, dass ich nicht verletze;

wenn ich ignoriert werde,

gib, dass ich schweige.

Blue No. 1

Zerrissen zwischen dem was kommen könnte und dem
was war.

Das Gefühl so verletzlich zu sein wie nie zuvor.

Ausgeliefert, wehrlos.

Gespalten in den Schatten und das Selbst.

Das Leben geht weiter.

Der Schatten bleibt auf der Strecke.

Bienencyclus: Herbst - Abflug

Stillhalten, beobachten, wahrnehmen,

schafft Zeit zum Sehen.

Wirkliches, bewusstes Sehen baut Ängste ab,

macht Mut zum Weitergehen.

Das neue Jerusalem

War das biblische Paradies wirklich der wünschenswerte Idealzustand?

Es war der scheinbare Zustand des totalen Friedens. Doch gehört zum Frieden nicht die Freiheit dazu? Wo es jedoch Gebote und Einschränkungen gibt, ist auch die Freiheit eingeschränkt. Damit ist der Zustand des Friedens auch fragwürdig. Das soll im neuen Jerusalem anders sein.

Um zu wissen was wirkliche Freiheit ist, muss der Mensch erst die Unfreiheit erfahren.

Hoek van Holland

Land der Väter, Land der Sehnsucht.

Man kann seine Herkunft nicht verleugnen,
man mag es Gene nennen, man mag es Wurzeln nennen,
doch die Geschichte und die Wurzeln der Väter und Müt-
ter, prägen auch unweigerlich die Kinder und Nachkom-
men.

Holland, der Wind, der Strand und das Meer sind ge-
nauso Heimat wie das Land der Alemannen mit seinen
typischen Frühlingsempfindungen.

So treffen sich der unbändige Freiheitswille mit dem
überlegten Abwarten und kommen doch gut miteinander
aus.

Hommage an Hundertwasser oder Ein Schloss für eine Prinzessin

Jeder Mensch braucht einen Ort, den er sein zu Hause nennt. Einen Ort, an dem er sich sicher fühlt, an dem er Ruhe findet. Für die meisten unter uns ist dies ein Haus oder eine Wohnung, vielleicht auch nur ein Zimmer.

Dort kann ich sein.

Doch wie alles, was meiner Seele guttut, muss auch dieser Ort gepflegt, beachtet, umsorgt werden. Und es ist ein Ort, den ich anderen Mitmenschen verweigern darf, besonders dann, wenn ich spüre, dass sie die Harmonie und Sicherheit meines Ortes stören oder gar zerstören.

Dann darf ich sagen: Zutritt verboten!

Wellen 1

wellen

kommen und gehen

pulsierend

wie das leben

wellen

kommen und gehen

schlagen den takt

lassen dein herz erbeben

Maunzer

Alle Geschöpfe der Erde fühlen wie wir,

alle Geschöpfe streben nach Glück wie wir.

Alle Geschöpfe der Erde lieben, leiden und sterben wie wir,

also sind sie uns gleichgestellte Wesen des allmächtigen Schöpfers

- unsere Brüder.

Franziskus von Assisi

Nimm dir Zeit für die Tiere, die du dein Eigen nennst.

Höre ihnen zu,

schau ihnen zu,

und du wirst feststellen, um wie vieles dein Leben reicher wird.

Kastanienknospe

*Das Erwachen des Frühlings ist nicht immer gleichbe-
deutend mit dem eigenen Erwachen, mit dem eigenen
Aufbruch.*

*Manchmal ist die Müdigkeit so stark, wiegt die Erschöp-
fung so schwer, dass man diese lebensbejahende Explo-
sion in der Natur kaum aushalten kann.*

*Statt Befreiung empfindet man Unruhe, statt Freude Ver-
sagen.*

Auf dem Weg ins Nichts

Es gibt Tage, an denen fragt man sich, was mit den Menschen los ist.

Es scheint, als seien sie sehenden Auges blind.

Sie sehen eine Fata Morgana, ein Gesicht.

Laufen hinterher und doch ist da nichts und so laufen sie in den eigenen Untergang.

Verbrannte Erde oder Schall und Rauch

Worte und Handlungen können verletzen, sie hinterlassen verbrannte Erde und nicht immer ist es deutlich, ob darauf noch einmal Leben entstehen kann. Doch es kann auch eine Chance sein für neues Leben, das sonst zu ersticken drohte.

Anders ist es, wenn die Worte leer sind, eben wie Schall und Rauch, dann wird eine Vertrauensbasis zerstört. Und ob dieses Vertrauen so stark ist wie die Natur und wieder wachsen kann, ist fraglich.

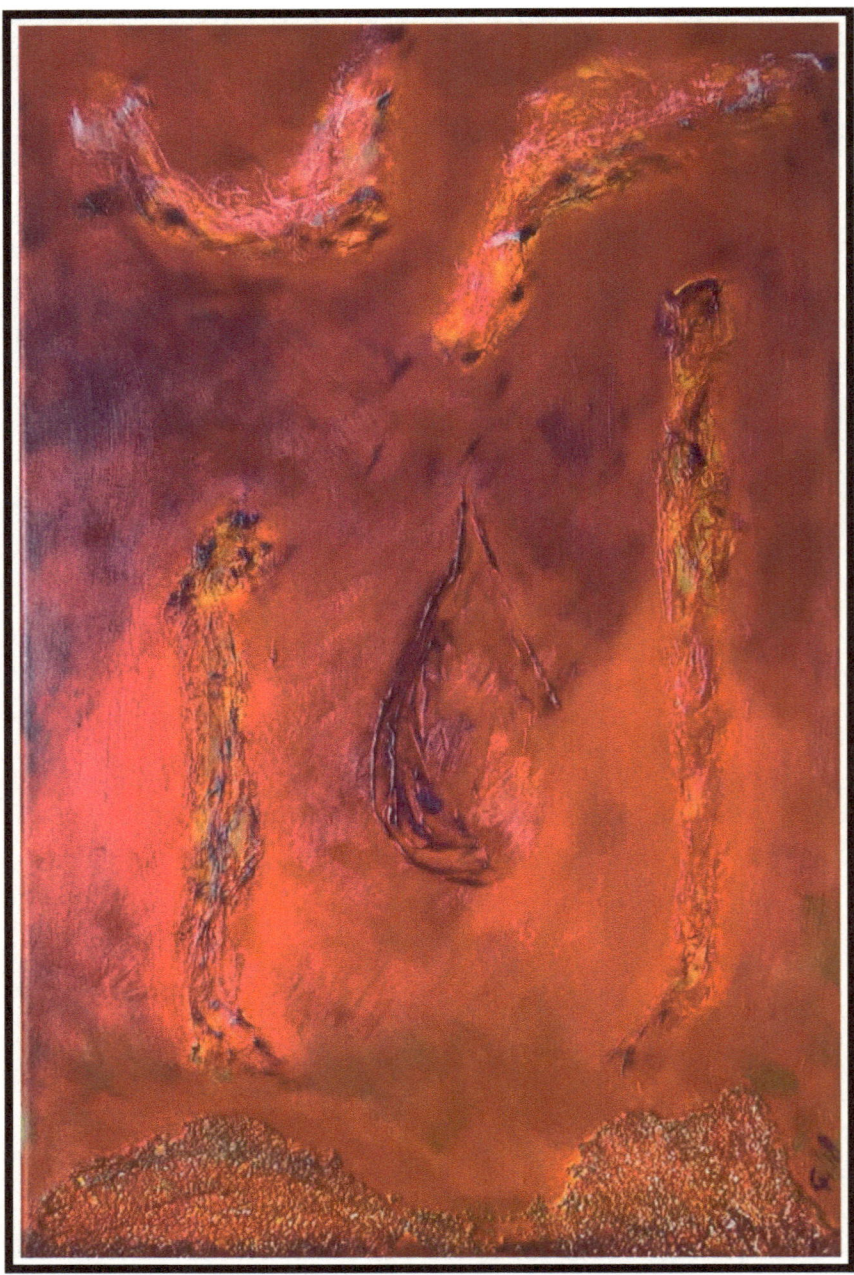

Kind und Mutter

Bei aller Liebe,

dort wo das Kind die Mutter sucht und den Blick nicht hebt,

dort wo die Mutter das Kind nicht versteht und den Blick nicht senkt,

dort haben die Dämonen der Angst und des Unverstandenseins freies Spiel,

dort kann die Liebe nur noch helfen, dieses Spiel auszuhalten.

Milchstraßen - Sternenkinder

für Beatrice

wir suchen die weite und finden doch nichts

nur die sternenkinder überblicken das nichts

sie sind bei uns tag und nacht

und gott hält über alle die wacht

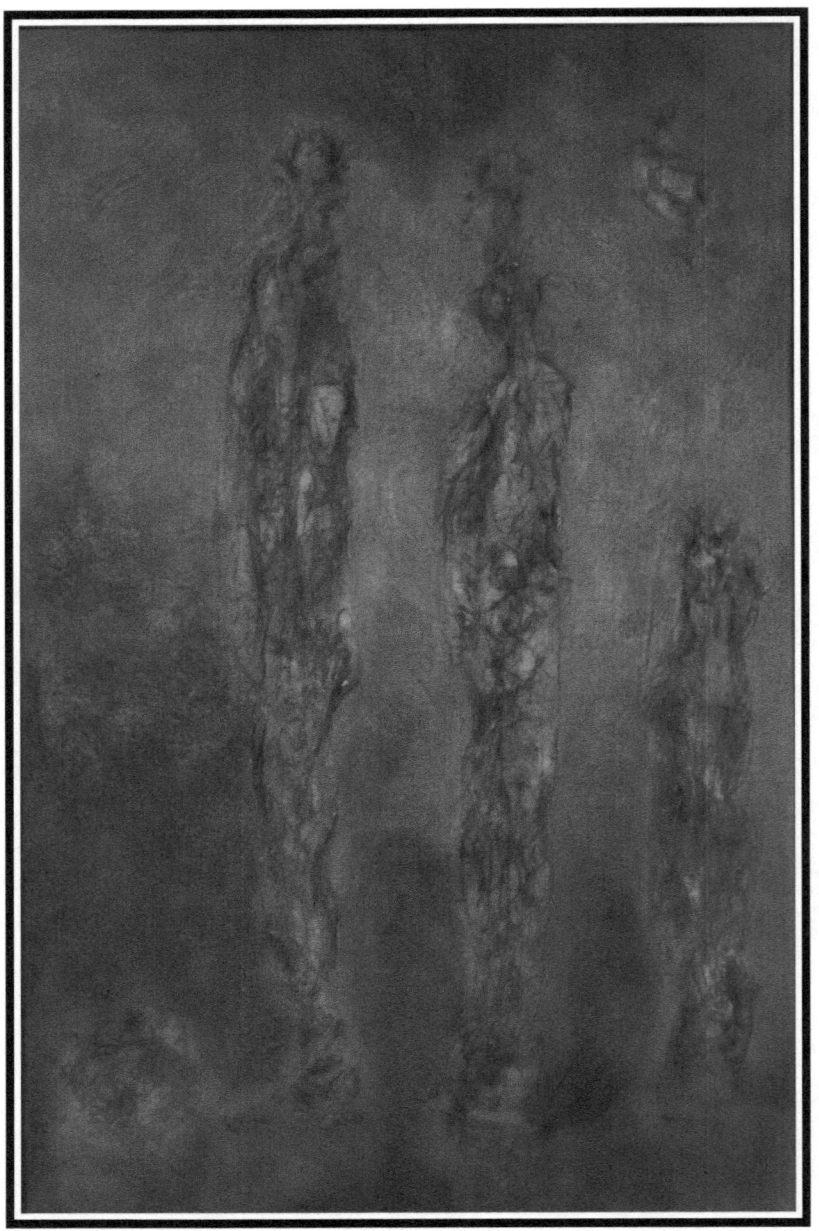

der letze tropfen verstand

fünf pfund graue masse
zum nichtstun verdammt
fünf pfund graue masse
sterben ohne den verstand

eine zarte seele
so lieblich so rein
eine zarte seele
ohne verstand geht sie ein

ein großer geist
der die freiheit liebt
ein großer geist
entfleucht wenn der verstand aufgibt

was ist der mensch
wenn die fünf pfund graue masse gestorben sind
was ist der mensch
wenn die augen ohne seele blind
was ist der mensch
wenn der geist sein zu haus' nicht mehr find'

der letzte tropfen verstand
der mensch und die menschheit in den tod gesandt

Nachwort

Die letzten drei Jahre waren sehr intensiv und so manches mal eine Herausforderung. Wenn man einen neuen Weg geht, gehen muss, wenn alte Begabungen verschüttet waren und wieder zu ihrem Recht kommen können, dann kann das eine Achterbahn der Gefühle zur Folge haben. Auf solch einem Weg ist es gut, wenn man Menschen hat, die einem begleiten. Menschen wie mein Mann, die so manche Spannungen aushalten können.

Es mag verwundern, dass ich in diesem Buch wenig Bezug auf Gott und meinen Glauben nehme. So frevelhaft es klingen mag, aber wenn man sich auf die Suche nach seinem Ursprung macht, dann sollte man nicht damit anfangen nach Gott zu suchen. Diese Suche ist oftmals zum Scheitern verurteilt, weil sie eine andere Art der Konfliktvermeidung ist. Auf der anderen Seite, dort wo ich meinen Ursprung, mein innerstes Selbst suche, mache ich mich auch automatisch auf die Suche nach meinem Schöpfer. Trotzdem, das beruhigende als Christ ist, dass man eben auch mal erst nach sich selbst suchen darf, in der Gewissheit, dass Gott seine geliebten Menschen und jeden einzelnen nicht loslässt.

Und so steht am Ende dieser Suche nicht der Verlust des Glaubens, sondern eine neue Intensität, eine neue Freiheit, die aus der Sicherheit und Erfahrung resultiert, in jeder Situation gehalten zu sein.

Danksagung

Bleibt mir am Ende dieses Buches noch, mich bei den Menschen zu bedanken, die mich auf verschiedenen Gebieten unterstützt haben.

Als erstes danke ich meinem Mann, der so geduldig war und am Schluss auch noch mal bereit war, das Manuskript durch zu lesen.

Walter Zeis, der mich als erstes auf die Idee brachte, das Manuskript zu veröffentlichen, mir bei den ersten Schritten mit Rat und Tat zur Seite stand und am Schluss nochmal einen Blick auf das gesamte Manuskript geworfen hat.

Ekkehard Walter, der mir Mut machte, das Projekt umzusetzen. Auch er hat das Manuskript nochmal durchgelesen und mir so geholfen, alles zu einem guten Ende zu bringen.

Als gläubiger Christ bin ich dankbar, dass ich diesen Weg gehen konnte in der Gewissheit, dass Gott mich in seiner Hand hält. Und so steht am Ende dieses Weges nicht die Hoffnungslosigkeit, sondern die Hoffnung!

- *Eine Hoffnung, die nicht zerstört, sondern aufbaut.*
- *Eine Hoffnung, die nicht tötet, sondern Leben schenkt.*
- *Eine Hoffnung, die nicht Krieg führt, sondern Friede verbreitet.*

Celine van der Hoofd

Bildnachweise (nach Seite)

40. *Hommage an Hundertwasser oder Ein Schloss für eine Prinzessin, Pastellkreide, Okt. 2017 (verkauft)*

42. *Wellen 1, Acryl, Nov. 2017*

44. *Maunzer, Kohlezeichnung, Dez. 2017 (unverkäuflich)*

46. *Kastanienknospe, Aquarell, April 2018 (unverkäuflich)*

48. *Auf dem Weg ins Nichts, Acryl Spachteltechnik, April 2018*

50. *Verbrannte Erde oder Schall und Rauch, Acryl Mischtechnik, Mai 2018*

52. *Kind und Mutter, Acryl Mischtechnik, Juli 2018*

54. *Milchstraße- Sternenkinder, Acryl Mischtechnik, Aug. 2018*

56. *Three dancer on a line, Acryl Mischtechnik, März 2018*

58. *Defts Blauw, Aquarell Spachteltechnik, April 2018*

FSC
www.fsc.org
MIX
Papier | Fördert
gute Waldnutzung
FSC® C083411

Zeitfracht Medien GmbH
Ferdinand-Jühlke-Straße 7
99095 Erfurt, Deutschland
produktsicherheit@kolibri360.de

Willi Wendland

Rückenschmerzen „ADE"

Ein kleines Buch zur Gesundheit, schmerzfrei ohne Medikamente.

www.tredition.de

Verlag und Druck:
tredition GmbH, Halenreie 40-44, 22359 Hamburg

ISBN
Paperback: 978-3-7497-0631-0
Hardcover: 978-3-7497-0632-7
e-Book: 978-3-7497-0633-4

Über den Autor

Willi Wendland, geboren am 19.08.1950 in Ostwestfalen.

Ich gebe keine Heilversprechen ab, ich berichte nur über meine jahrelange Erfahrung mit der SMT® „Sanfte Manuelle Therapie nach Dr. Michael Graulich.

Aus eigener Erfahrung kann ich sagen, wie die SMT® „Sanfte Manuelle Therapie" sich auf den gesamten Körper auswirkt. Schon nach den ersten zwei Übungen hatte ich fast keine Schmerzen mehr. Die zwei Übungen sind die Grundlage schmerzfrei zu werden oder zu bleiben ohne Medikamente.

SMT® Wendland finden Sie unter:

https://www.smt-wendland.de/

Meine Geschichte

Rückenschmerzen waren ein Dauerthema schon während meiner Jugend. Ich erlernte den Beruf des Fleischers. Meine Rückenschmerzen nahmen zu durch die schwere Arbeit und das Stehen am Tisch bei der Verarbeitung des Fleisches.

Einige Jahre nach der Ausbildung konnte ich den Beruf nicht mehr ausüben, obwohl ich täglich Sport (Laufen, Krafttraining) betrieben hatte. Trotz Muskelaufbau bekam ich die Rückenschmerzen nicht in den Griff.

Auf Anraten des Arbeitsamtes schulte ich um. Ich erlernte den Beruf des technischen Zeichners in Maschinenbau und danach noch Bürokaufmann.

Doch meine Rückenschmerzen kamen immer wieder. Durch tägliches Training, Laufen, Krafttraining und Tabletten konnte ich einigermaßen meiner Arbeit als Bürokaufmann nachgehen.

Ich war im Lack-Chemielager und im Verkauf für die Kommissionierung verantwortlich. Eines Morgens sollte ich zwei Behälter mit Säure jeweils 65 kg in den Verkauf bringen, doch dort kam ich nicht an.

Einen Behälter konnte ich gerade auf einen Wagen heben, merkte aber schon einen starken Schmerz im Rücken. Als ich den zweiten Behälter auch noch auf den Wagen stellen wollte, war mir das nicht mehr möglich. Ich war auf einmal ganz schief und konnte mich nicht mehr bewegen.

Die Schmerzen waren fast unerträglich, der Schweiß stand mir auf der Stirn, die Tränen liefen über mein Gesicht:

Der Ischiasnerv war irgendwie eingeklemmt.

Ich musste ins Krankenhaus, bekam zwei Spritzen, doch ich blieb ganz schief. Die Schmerzen konnten etwas gelindert werden.

Eine „**Odyssee**" begann, von einem Orthopäden zum anderen. Zuerst musste ich in den Kernspin. Dort stellte man zwei Bandscheibenvorfälle L4/L5 Prolaps und L3/L4 eine Vorwölbung fest. Die Feststellung brachte mich 6 Wochen in die Paracelsus Klinik in Osnabrück. In der Klinik hatte man noch einen Verdacht auf Kinderlähmung, weil ich nicht gerade wurde, trotz täglicher Infusionen und Tabletten. Ich wurde punktiert, doch Gott sei Dank konnte man Kinderlähmung ausschließen.

Nach ca. 6 Wochen wurde ich entlassen. Hier konnte man mir nicht helfen, doch beim Abschlussgespräch sagt der Arzt zu mir, ich sollte mit Sport bestimmte Muskeln aufbauen. In der Physiotherapie wüsste man, wie das zu machen ist. Mein Hausarzt würde einen speziellen Bericht bekommen und mir die muskelaufbauenden Therapien aufschreiben. Da stand ich nun mit zwei Bandscheibenvorfällen und keiner Besserung.

Es fing alles wieder von vorne an, nur wurde ich immer deprimierter. Ich war sogar mehrmals beim Neurologen, Nervenbahnen ausmessen, weil mir keiner so richtig helfen konnte. Das Leben war einfach nur Grau. Nach ungefähr einem halben Jahr kam ich zu einem Orthopäden in Herford.

Der sollte noch einmal entscheiden ob nicht doch eine OP angebracht wäre. Er sagte: „Wir wollen es noch einmal mit Infusionen und Spritzen zwischen den Wirbeln unter dem CT versuchen."

Nach der Therapie war ich immer noch nicht richtig gerade. Der Orthopäde schlug mir jedoch erst eine Kur vor. So kam ich nach Bad Sassendorf. Zwei Tage nach meiner Ankunft wurde ein Platz am Frühstückstisch neben mir frei. Dort setzte sich jemand neben mich, mit Namen Peter.

Und wie das so ist, erzählt man, was für Probleme man hat. Peters rechte Hüfte (Hüftpfanne und Hüftkopf) war durch eine Hüftdysplasie zerfressen. Auf den Röntgenbildern konnte man das genau sehen. In der Hüftpfanne fehlten schon Knochenteile, auch der Hüftkopf sah nicht gut aus.

Bis heute hat Peter keine neue Hüfte.

Er sagte zu mir, er hätte eigentlich keine Probleme und keine Schmerzen damit, weil er immer seine Hüfte und das Kreuzbein korrigiere. Ich fragte nach, Hüfte und Kreuzbein korrigieren, was heißt denn das?

Er erklärte mir die SMT®, die er bei Dr. Michael Graulich gelernt hatte. Seitdem hätte er keine Schmerzen mehr, da er täglich hierfür seine Übungen macht. Ich konnte es gar nicht glauben, dass so etwas möglich wäre. Ich dachte, ich hätte schon alle Therapien durch, aber keine konnte mir helfen, wieder einen geraden Rücken zu bekommen. Die Schmerzen waren nur durch die Medikamente auszuhalten.

Als ich ihm meine Geschichte mit den zwei Bandscheibenvorfällen erzählte, sagte Peter zu mir: „Ach, weißt du, deine Probleme haben nichts mit den Bandscheibenvorfällen zu tun, sondern nur mit deiner Muskulatur im Gesäß.

Durch die Verspannung im Gesäß, die sich nach oben ausbreitet, bekommt man die Bandscheibenvorfälle. Dafür sind Muskeln verantwortlich, die Piriformis und Obturatorius heißen."

Ich schaute ihn an und verstand die Welt nicht mehr.

Daraufhin erzählte er mir, warum die beiden Muskeln in unserem Gesäß dafür verantwortlich sind.

Sie sind außen am Trochanter und innen am Kreuzbein befestigt. Dort läuft der Ischiasnerv durch und wird eingeklemmt. Weil die Hüfte immer wieder herausrutscht und der Druck im täglichen Leben von der Seite fehlt, der die Hüfte wieder in die Hüftpfanne zurückbringen kann, tritt durch Muskelaufbau zuerst eine Linderung ein. Auf Dauer wird die Spannung immer größer und die Rückenschmerzen werden schlimmer. Bandscheibenvorfälle entstehen erst durch die verspannte Muskulatur im Gesäß, die sich nach oben in den Rücken fortsetzt.

Es war ganz plausibel, was er sagte, aber ich konnte es nicht glauben. Er sagte: „Kein Problem. Wenn du wieder gerade und schmerzfrei werden möchtest, dann kann ich dir die zwei Übungen zeigen, die ich jeden Tag öfters mache."

Ich war sehr skeptisch, ein Patient, der mir helfen soll?

Ich nahm etwas Abstand von dieser Möglichkeit, doch er sagte: „Willi, ich habe ein Buch von Dr. Michael Graulich dabei. Wenn du es lesen möchtest, gebe ich es dir. Das Buch heißt „Wunder dauern etwas länger"

Als ich das Buch einen Tag gelesen hatte, war ich sehr neugierig, was auf mich zukommen würde. Nach dem Frühstück fragte ich Peter ob er mir die zwei Übungen einmal zeigen könnte. Gesagt getan. Auf dem Zimmer sagte er zu mir: „Leg dich einmal auf mein Bett." Peter hatte mir vorher erklärt, was er alles machen würde. Meine Schuhe musste ich anlassen, damit ich sehen sollte wie unterschiedlich lang meine Beine waren.

Ich lag auf dem Bett, Peter drückte mit den Daumen meine Hacken zurück und hob die Beine an. Er sagte: „Schau dir das einmal an, den Unterschied der Beinlänge." Ich konnte es gar nicht glauben, die Differenz betrug ungefähr 5-6 cm. Er sagte: „Das ist dein Problem. Wir werden alle mit gleichlangen Beinen geboren, doch im Laufe des Lebens verschiebt sich die Hüfte durch das tägliche Sitzen, das Übereinanderschlagen der Beine, das Bücken unter 90°, das In-die Hocke-Gehen, Autofahren usw." Ich konnte das nicht glauben, was Peter mir erzählte. „Dann haben ja alle Menschen die gleichen Probleme", sagte ich. „Ja nur das dir das keiner sagt. Die Ärzte wissen es auch, doch sie haben keine Zeit für den Patienten. Nur ca. 3-5 Minuten, vielmehr nicht. So werden immer wieder Schmerzmittel in Form von Tabletten oder Spritzen gegeben und Muskeln aufgebaut, das ist einfacher. Jedoch ist das der falsche Ansatz, der falsche Weg, da das eigentliche Problem nicht behoben wird. Wie ich schon gesagt habe, der Grund dafür, dass wir Fuß-,

Knie-, Rücken-, Hüft-, Schulter- oder Kopfschmerzen bekommen, liegt zu 99% immer an der Muskulatur im Gesäß.

Durch die Muskeln Piriformis und Obturatorius läuft der Ischiasnerv und wird eingeklemmt. Das hat zur Folge, dass die Muskulatur fest wird, die Nerven noch mehr eingeklemmt werden und die Spannung im Gesäß immer größer wird.

Der Zug der Muskeln setzt sich nach oben oder auch nach unten in die Beine fort. Die Muskulatur und die dadurch entstehende Verschiebung aller Gelenke haben einen großen Anteil an den Schmerzen im ganzen Körper."

Da staunte ich nicht schlecht. Aber eigentlich ganz logisch, nur das mir das bislang kein Therapeut oder Arzt so erzählt hat.

Peter legte die Beine wieder auf das Bett und sagte: „Das linke Bein war länger, demnach beginnst du mit dem rechten Bein und hörst mit dem linken auf."

Ich fragte: „Wie anfangen? Was meinst du damit?" „Du winkelst das Bein 90° an und drückst gegen den Oberschenkel. Wenn das Bein heruntergelassen wird, hilft der Druck der Hüfte, dass sie wieder in die richtige Position zurückkehren kann. Dadurch werden auch die beiden Muskeln Piriformis und Obturatorius auf die richtige Länge gebracht und der Ischiasnerv wird nicht eingeklemmt. Immer im Wechsel rechts, links usw. Diese Übung musst du täglich 4 Mal morgens und 4 Mal abends im Bett machen und tagsüber so oft es geht, ich erkläre es dir noch. Das kann man auch im Stehen machen, aber die Übungen im Bett sollten täglich geschehen."

SMT® „Sanfte Manuelle Therapie"

In den Jahren 2003 bis 2011 erlernte ich die SMT® „Sanfte Manuelle Therapie" in mehreren Seminaren bei
Dr. Michael Graulich

Dr. Michael Graulich ist ein Facharzt für Allgemeinmedizin aus Ottobeuren im Allgäu. Er lernte vor Jahren die Grundbegriffe der SMT® Sanfte Manuelle Therapie nach Dorn und entwickelte sie weiter. So hat er die chinesische Medizin, die Meridiane und die Funktionskreislehre eingebunden in die Dorn Methode.
Genauso hat er das Wissen der Osteopathen integriert, so dass nach einigen Jahren Herr Dr. Michael Graulich dieses Werk auch SMT® Sanfte Manuelle Therapie nach Dr. Michael Graulich nannte.

Ich selbst helfe seit vielen Jahren den Menschen mit Rückenschmerzen mit dieser Therapie nach Graulich.

Die zwei Übungen aus der SMT® sind aus meiner Sicht die wichtigsten Übungen, um schmerzfrei zu werden oder zu bleiben und sind für jeden sehr leicht anwendbar.

Ich erkläre die erste Übung

Hüft- und Beinlängenkorrektur

Heben Sie das rechte Bein 90°an, bis der Oberschenkel etwa waagerecht ist.

Drücken Sie nun mit der Faust an den Oberschenkel, direkt an der Außenseite, so wie auf den Bildern beschrieben.

Bewegen Sie das Bein etwas nach außen. Setzen Sie jetzt das Bein wieder neben das andere auf den Boden und zwar so, dass der Fuß wie beim Fahrradfahren einen kleinen Bogen beschreibt, bis er wieder neben dem anderen Fuß steht.

Jetzt das linke Bein anheben, 90°, mit der Faust gegen den Oberschenkel drücken. Wenn das Bein wieder heruntergelassen wird, etwas nach außen drehen und wieder neben den anderen Fuß stellen.

Diese Übung empfiehlt sich besonders vor und nach jeglichem Sport, Radfahren, Autofahren oder nach längerem Sitzen, Schreibtischarbeiten usw. In hartnäckigen Fällen sollte man sie nach jedem Sitzen durchführen.

Dies ist meiner Meinung nach die wichtigste Übung für jeden Menschen, um gesund zu werden oder zu bleiben.

Ich mache dieses täglich ca. 100 Mal.

Unsere Hüfte wird täglich in vielen Situationen des Alltags herausgedrückt oder gezogen. Mit dieser Übung können wir sie wieder in ihre Position bringen, wie sie sein sollte, um die Muskeln Piriformis und Obturatorius wieder auf die normale Länge zu bringen.

Das Problem des Menschen

Wir haben keinen Muskel im Gesäß, der die Hüfte wieder an die Stelle, wo sie hingehört, zurückziehen kann.

Auch gibt es im täglichen Leben keinen Druck von außen, der die Hüfte wieder korrigiert. Wir können mit dieser Übung die Hüfte unterstützen, sich wieder optimal zu platzieren.

Die Wichtigkeit, dass die Hüfte immer wieder zurückgebracht werden muss, sehen wir an den Tieren. Beispielsweise an den Hunden. Ein Hund steht auf, dann reckt er sich einfach. Den einen Fuß nach hinten und dann den anderen Fuß nach hinten oder auch die beiden Vorderfüße nach vorne.

Pferde stehen erst mit den Vorderfüßen auf und dann mit den Hinterfüßen. Kühe umgekehrt, zuerst mit den Hinterbeinen und dann mit den Vorderbeinen.

So haben die Tiere eine Möglichkeit, das Kreuzbein zu korrigieren, wodurch die Muskulatur gelöst und die Wirbelsäule gerade wird.

Immer wenn diese gerade ist, kann man nicht krank werden. Im Allgemeinen sind Tiere nicht krank.

Das heißt, wenn unsere Wirbelsäule gerade und ohne Spannung ist, werden auch wir gesund und schmerzfrei. Das ist ganz einfach logisch.

Wir Menschen haben diese Möglichkeit, wie die Tiere, nicht. Sie ist im Laufe der Evolution wahrscheinlich durch „das Aufrichten" abhandengekommen. Mit der SMT® haben wir eine Möglichkeit gefunden, durch zwei Übungen diese Korrektur vorzunehmen.

Ich versprechen Ihnen nicht, dass Sie bei einmaligem Ausüben der Hüft- und Kreuzbeinkorrektur gleich ohne Schmerzen sein werden, aber wenn Sie diese Übungen regelmäßig täglich durchführen, wird es Ihnen von Tag zu Tag besser gehen. Ich habe das am eigenen Körper erfahren.

Ihr Engagement und etwas Geduld sind das Wichtigste, was Sie brauchen. Nur Sie können das tun.

Ich kann Ihnen nur erzählen wie ich das täglich für mich und mit meiner Frau mache.

„Erfolg besteht darin, dass man genau die Fähigkeiten hat, die im Moment gebraucht werden." (Zitat: Henry Ford)

Viele Menschen haben mich gefragt, warum ich mein Wissen nicht weitergebe, aufschreibe oder in den Medien veröffentliche. Sie glauben, dass alle Menschen Interesse an solchen und weiteren Übungen haben, die unsere Körper neu ausrichten und schmerzfrei werden lassen.

Erklärung

Aus jedem Wirbelsegment kommen 4 Nerven, die alle Organe versorgen. Das Herz, die Nieren, die Leber, den Magen, die Muskeln, die Haut usw.

Wenn das durch das Auseinanderziehen der Muskeln Piriformis / Obturatorius nicht mehr gegeben ist, nimmt die Spannung im Gesäß zu und der Ischiasnerv wird eingeklemmt. (Hexenschuss) Die Spannung setzt sich im Rücken fort.

Unsere Muskulatur sieht aus wie eine Spirale. So zieht sie sich auch und dreht die Wirbel mal nach rechts und mal nach links. Wenn das geschieht, klemmen die Muskeln die Nerven an den Wirbeln ein und die Organe werden nicht mehr richtig versorgt.

Eines Tages versagt das Organ, weil die Versorgung nicht mehr in Ordnung ist und dadurch wird der Mensch krank.
Wir bekommen Rückenschmerzen oder auch andere Krankheiten.

Der Grund ist einfach:

Die Hüfte, die in vielen Positionen immer wieder herausrutscht oder gezogen wird, kann nicht allein an ihren ange-
stammten Platz zurück und die Spannung wird immer stärker
in Gesäß und Rücken. Ich kann nur von mir berichten.

Seit ich diese Korrektur täglich vornehme, habe ich keine Rückenschmerzen. Ich kann alle Arbeiten ausführen, ob lange
stehen, sitzen, schwer heben, mich bücken, auf den Boden legen und wieder aufstehen. All dieses konnte ich vor einigen
Jahren nicht mehr.

Ich korrigiere jetzt täglich meine Hüfte wie beschrieben ca.
100 Mal, die Übung nimmt wenig Zeit in Anspruch.
Ein Hund oder ein anderes Tier fragt nicht, soll ich mich recken
oder einmal anders aufstehen... nein, sie tun es einfach! Nur
wir Menschen nicht, warum eigentlich nicht?
Keiner sagt, warum der Schmerz entsteht und wie man ihn
wieder los wird.

Jetzt haben Sie die Möglichkeit damit anzufangen, **JETZT**, weil
das der Anfang ist, um wieder schmerzfrei zu werden.

Auszug aus dem Buch

„Wunder dauern etwas länger"

von Dr. Michael Graulich. Margarethen Verlag, Ottobeuren. Deutsche Erstausgabe 1996. 4. Überarbeit. Auflage 2009. Seiten 142ff.

Die Muskeln

Aufrichtung und Aufrechthaltung der Wirbelsäule

3.2.6.1 Physikalisch-anatomische Zusammenhänge für die Aufrichtung und Aufrechthaltung der Wirbelsäule

Bevor ich Skoliosen, Hyperkyphosen und -lordosen aus Sicht der SMT® bespreche, muss ich mich mit der Aufrichtung und Aufrechthaltung des Menschen beschäftigen.
Man kann sich nur wundern, dass eine Wissenschaft, die sich als Naturwissenschaft betrachtet, bei diesen Themen einen solchen Unsinn behauptet. Die Lehrmeinung der klassischen Medizin zu diesem Thema lautet vereinfacht, aber auf den Punkt gebracht:

Dass die Muskulatur bei Menschen mit Wirbelsäulenveränderungen oder -beschwerden zu schwach sei, um die Wirbelsäule gerade zu halten. Zur Begradigung der Wirbelsäule und zur Heilung der Beschwerden müsse man diese Muskulatur nur durch Sport und Gymnastik trainieren und stärken, d.h. einen Muskelaufbau betreiben.

Die Lehrmeinung der klassischen Medizin, die Muskulatur hielte den Menschen aufrecht und gerade, ist ebenso falsch wie die Behauptung, die Erde sei eine Scheibe.

Wie erklärt sich Aufrichtung und Aufrechthaltung tatsächlich, wenn man die statisch-physikalischen Gesetzmäßigkeiten und die anatomischen Gegebenheiten in den richtigen Zusammenhang bringt?

Für die Statik eines jeden aufrechten Objektes ist primär und grundsätzlich der Zustand des Fundaments von ausschlaggebender Bedeutung.

Für ein Gebäude bedeutet das, dass bei einem schiefen Fundament der Bau oben Risse bekommt, die sich im Laufe der Zeit nach unten ausbreiten. Das hängt damit zusammen, dass bei einem schiefen Fundament das Ausmaß der Abweichung von der Senkrechten an der Spitze eines Gebäudes um ein vielfaches stärker ausfällt, als das in den unteren Gebäudeabschnitten der Fall ist.

Natürlich haben Abweichungen oben statische Auswirkungen nach unten, aber diese sind sekundär.

Welche physikalischen Kräfte und anatomischen Fakten spielen bei der Aufrichtung des Menschen und seiner Aufrechthaltung in statischer Hinsicht eine Rolle?

1. *Die Basis der Wirbelsäule ist die Oberkante des Kreuzbeins und damit das Becken.*
2. *Wenn die Basis schief wird, wird auch die auf ihr ruhende und sich darüber aufrichtende Wirbelsäule schief.*
3. *Die Rückenmuskulatur erstreckt sich in drei übereinander angeordneten Schichten von unten nach oben.*
4. *Die Rückenmuskulatur ist an den Wirbeln und den benachbarten Rippen festgemacht.*

5. *Durch den senkrechten Verlauf der Rückenmuskulatur von unten nach oben entwickelt diese aus physikalisch-anatomischen Gründen eine Zugkraft.*

6. *Mittels dieser Zugkraft wird der Mensch aufgerichtet und zwar dadurch, dass die Rückenmuskulatur den Menschen (aus dem Vierfüßler Stand) hinten hoch in die Senkrechte zieht.*

7. *Die Muskulatur gehört zum Bewegungsapparat und besitzt eine hohe Elastizität, denn sie muss sich bei der Muskelarbeit dehnen und wieder zusammenziehen.*

8. *Es ist unmöglich, eine statische Stabilität durch ein äußeres elastisches System zu erzeugen. Man würde nie versuchen, einen aufgerichteten Stab mit Gummibändern festzumachen, denn es ist jedem klar, dass die Bänder nachgeben und der Stab umfallen würde.*

9. *Damit ist die Behauptung, die Muskulatur halte den Menschen aufrecht und gerade, falsch, denn sie ist aufgrund ihrer Elastizität nicht dazu in der Lage. Ganz im Gegenteil, wenn sich die von der Rückenmuskulatur erzeugte Zugkraft erhöht, gibt die Wirbelsäule nach und wird krumm.*

10. *Die Aufrechthaltung ist eine Funktion der Wirbelsäule, deshalb wird unser Skelettsystem auch als Halteapparat bezeichnet.*

11. *Die physikalische Kraft der Aufrechthaltung ist eine Druckkraftableitung, entstanden durch das Gewicht des Oberkörpers und des Kopfes, die in erster Linie über die senkrecht angeordneten und sich gegenseitig abstützenden Wirbelgelenke (Facetten) geschieht und in zweiter Linie über die aufeinandergeschichteten Wirbelkörper.*

12. *Eine problemlose Druckkraftableitung ist aber nur dann gewährleistet, wenn die Wirbelsäule ihre physiologischen Schwünge nach vorne und hinten hat, aber nicht seitlich verbogen, sondern gerade ist. Das bedeutet, dass die Wirbelgelenke (Facetten) nicht seitlich von der Senkrechten abweichen dürfen, ansonsten verlieren sie ihre Haltefunktion.*

13. *In diesem Geschehen darf vor allem die Zugkraft der Rücken- aber auch der Bauchmuskulatur nicht zu hoch werden (die Rückenmuskeln machen an der Wirbelsäule fest), denn durch eine zu hohe Zugkraft gibt die Wirbelsäule nach und wird skoliotisch, hyperkyphotisch und -lordotisch. Gleichzeitig verkanten die Wirbel in der Rotationsstellung, wodurch sich eine Skoliose segmentiert.*

14. *Durch das Zusammenspiel von Zugkraft durch eine physiologische Grundspannung (Aufrichtung) in der Rückenmuskulatur und der Druckkraftableitung über die knöcherne Wirbelsäule (Aufrechthaltung), gelingt es dem Menschen, aufrecht zu bleiben.*

Das Resümee dieser 14 physikalisch-anatomischen Gesetzmäßigkeiten ist:

a) *dass das menschliche Becken unbedingt geradestehen muss.*

b) *dass nicht mehr Spannung und damit Zugkraft in der Rückenmuskulatur vorhanden sein darf als die physiologisch notwendige Grundspannung (Grundtonus), die für jeden Menschen je nach Größe und Gewicht unterschiedlich ist.*

c) *dass die knöcherne Wirbelsäule gerade sein muss, um den Menschen aufrecht halten zu können. Sie darf nicht skoliotisch, hyperkyphotisch oder hyperlordotisch verkrümmt sein.*

3.2.6.2 Verschiedene Ursachen einer erhöhten Spannung in der Rückenmuskulatur

Zu Beginn dieses Kapitels muss ich ein weiteres, diesmal physiologisches Grundgesetz besprechen, welches in dieser Form, meines Wissens nach, noch nie so definiert wurde:

Wird ein Nerv gereizt (gleichgültig ob es sich um eine Reizung mechanischer, thermischer oder chemischer Art handelt), verspannen sich die Muskeln, Sehnen und Bänder, die von diesem Nerv versorgt werden.

Die Muskelverspannungen, welche durch geschädigte Nerven entstehen, können sich bis hin zu einer Spastik entwickeln.

Solange eine Verspannung oder Spastik vorhanden ist, ist der Nerv zwar mehr oder weniger stark geschädigt, aber er lebt und ist nicht abgestorben.

Ist der Nerv tot oder abgestorben, entsteht eine schlaffe Lähmung.

Das größte Problem aller Menschen ist, dass im Laufe des Lebens immer mehr Spannung in der gesamten Körpermuskulatur entsteht.

Im Laufe des Alterungsprozesses nimmt der Grundtonus, also die Grundspannung in der gesamten Körpermuskulatur (quergestreift und glatt) zu. Diese Spannungszunahme geschieht bei den Menschen unterschiedlich schnell und stark.

Diesen Vorgang sehe ich als eigentlichen Ausdruck des Alterns an. Wie und wodurch es zu einer Zunahme der muskulären Grundspannung kommt, kann ich nicht erklären und überlasse dies gerne den Wissenschaftlern, die sich mit Alterungsprozessen und deren Hintergründen beschäftigen.

Die Folge ist, dass es:
mit zunehmendem Alter eine immer größere Anstrengung erfordert, gelenk- und wirbelsäulenschädigendes Verhalten zu vermeiden und/oder einen größeren therapeutischen Aufwand, um Gelenke und Wirbelsäule wieder in Ordnung zu bringen.

Psychische Belastungen erhöhen die Spannung in der quergestreiften, aber auch glatten Muskulatur. In diesem Mechanismus ist der Hintergrund zu sehen, dass viele Mediziner eine belastete oder gestörte Psyche als Ursache von Schmerzsyndromen, aber auch anderen Erkrankungen sehen, Diese Lehrmeinung ist absolut falsch. Eine kranke Psyche verschlimmert Schmerzen und andere Erkrankungen, aber ist nicht deren eigentliche Ursache.

Es gibt keine psychisch ausgelöste Erkrankung ohne organische Befunde. Die primäre und grundlegende Ursache einer Erkrankung oder eines Schmerzes nicht zu kennen, berechtigt nicht zu der Behauptung, sie existiere nicht.

Die generelle Ursache von Schmerz und Erkrankung ist immer in den Befunden zu finden, die durch Schäden auf Grund von Nerveneinklemmungen an Gelenken und Wirbelsäule entstehen.

Auch wenn ein psychisches Trauma als Ursache eines Schmerzes oder einer Erkrankung auszumachen ist, entstehen diese Leiden doch durch eine psychisch-traumatisch ausgelöste Spannungszunahme in der Körpermuskulatur.

Dadurch nehmen die Schäden an Gelenken und Wirbelsäule zu, wodurch Nerveneinklemmungen entstehen oder schlimmer werden.

Dieser Vorgang zieht wiederum Schmerzsyndrome und Krankheiten nach sich.

Gegen das Älterwerden ist kein Kraut gewachsen, auch wenn die Gesellschaft gerne dem Anti-Aging-Gott huldigt, "Don't worry be happy" funktioniert im alltäglichen Leben auch nicht so, wie wir Menschen das gerne hätten. Aber seine Gelenke und Wirbelsäule in Ordnung zu halten oder nach einer Schädigung wieder auf die Reihe zu bringen, ist jedem Menschen möglich.

Mit der SMT® hat der Mensch ein Mittel in der Hand, Krankheiten zu vermeiden und/oder wieder zu heilen.

Der Mensch ist also nicht hilflos seinem Schicksal ausgeliefert.

Ich danke Herrn Dr. Michael Graulich, dass ich die SMT lernen durfte. Ich konnte vielen Menschen mit ihren Rückenschmerzen helfen, mit meinen Informationen und dem Zeigen, wie die Übungen gemacht werden müssen.

Wir können uns selbst helfen, nur müssen wir damit anfangen. Jeder, der zwei Arme und zwei Beine hat, kann diese zwei Übungen machen.

Dieses kleine Buch soll Ihnen helfen, sie täglich zu machen und damit die Hüfte und das Kreuzbein zu korrigieren. Je öfter Sie diese Übungen durchführen, desto schmerzfreier werden Sie und können sich besser bewegen.

Ich kann keine Heilversprechen abgeben, ich bin seit Jahren schmerzfrei und habe vielen Menschen mit meinen Informationen helfen können.

Als Erstes ist wichtig, die Muskeln Piriformis und Obturatorius auf das Maß zurückzubringen, die sie ursprünglich hatten, sodass sich die Muskulatur im Gesäß wieder lockern kann. Das Gesäß ist **mit das wichtigste Körperteil,** das wir haben, es muss immer locker sein, denn ein verspannter Muskel kann nicht richtig arbeiten.

Jeder kennt das, wenn die Halsmuskulatur verspannt ist, kann man den Kopf nicht richtig bewegen. Ein entspannter, lockerer Muskel ist das Optimale.

Die erste Übung hilft dabei, die Muskeln zu lockern.

Ein Bein anheben 90°, etwas zur Seite, jetzt gegen den Oberschenkel drücken, wie in den Bildern beschrieben und das Bein nach einer kleinen Außenbewegung nach unten neben den Fuß zurückstellen. Das Gleiche geschieht mit dem anderen Bein, 90°, gegen den Oberschenkel drücken und wie beschrieben nach unten stellen. Diese Übung sollte täglich mehrmals durchgeführt werden, weil es eine Entspannung mit sich führt.

Auf dem Rücken liegend:

Diese Übung kann auch im Liegen durchgeführt werde., wichtig ist, dass Sie abends die Übung im Bett machen, dann können die beiden Muskeln Piriformis und Obturatorius sich entspannen. Die Übung sollte auch morgens im Bett durchgeführt werden. Morgens ist ganz wichtig, weil man sich nachts dreht und die Hüfte herausgedrückt wird. Eine Verspannung kann auftreten. Aber wenn Sie die Übung 4-5 Mal abends und morgens im Bett machen, können Sie die Spannung etwas herausnehmen.

Der Vorgang ist derselbe wie im Stehen. Sie winkeln ein Bein 90° an, bis Oberschenkel und Rumpf einen rechten Winkel bilden. Sie legen die Faust gegen den Oberschenkel, so wie auf dem Bild, aber erst wenn das Bein wieder heruntergelassen wird (Faust an der Hosennaht, Arme so lang lassen wie sie sind) drücken Sie gegen den Oberschenkel, während Sie gleichzeitig das Bein mit einer leichten Bogenbewegung ablegen. Achten sie darauf, dass Sie mit der Faust so lange am Oberschenkel drücken, bis das Übungsbein neben dem andern liegt.

Täglich vor dem Schlafen im Bett ausgeführt ist diese Übung besonders effizient, weil der Oberschenkelkopf dann während der ganzen Nacht in der Hüftpfanne liegt und die Bänder sich regenerieren können.

Diese Effizienz erreicht man auch morgens vor dem Aufstehen. Wenn die Übung regelmäßig 4-5 Mal im Bett gemacht wird, können Sie nach kurzer Zeit schmerzfrei aufstehen. Die Übungen im Bett entbinden Sie nicht von den weiteren täglichen Übungen, sie helfen Ihnen nur die Spannung in Ihrem Körper zu lösen.

Die zweite Übung

Die Korrektur des Kreuzbeines ist eigentlich ein wenig schwerer. Doch die effektivste Lösung ist, mit einem Tennisball oder einem Flummi an einer Zarge eines Türrahmens zu arbeiten.

Wie auf den Bildern.

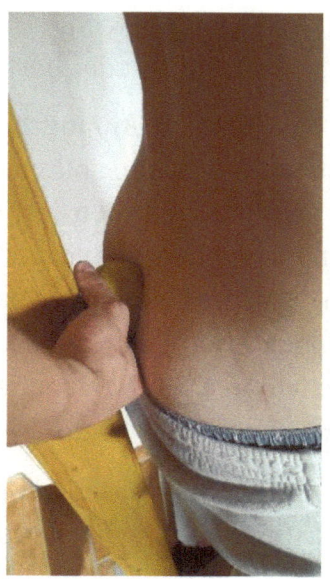 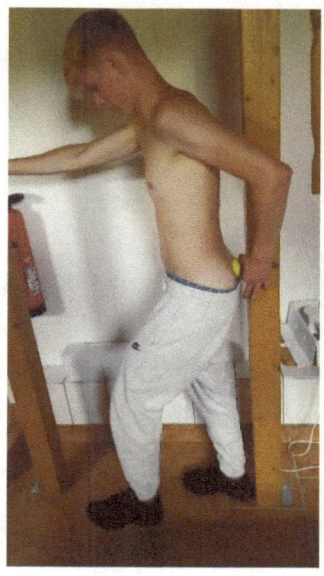

Sie stellen sich mit dem Gesäß an eine Zarge, halte einen Tennisball an den Beginn der Pofalte, wie auf den Bildern beschrieben und pendeln mit dem einen Bein 30 Mal hin und her, dann das andere Bein 30 Mal. Wenn kein Ball zur Hand ist, können Sie auch eine Gesäßhälfte an die Zarge drücken und 30 Mal, das eine Bein hin und her bewegen, dann das andere Bein.

Die Seiten sollte man 3 Mal wechseln, dann hat man 90 Mal ein Bein bewegt

Morgens und abends 90 Mal das rechte Bein und 90 Mal das linke Bein bewegen. Danach müssen Sie die Hüfte korrigieren zwei- drei Mal wie beschrieben, denn durch das Schwingen des Beines rutscht die Hüfte wieder heraus.

Wenn man das Bein zu Anfang noch nicht 90 Mal pendeln kann, sollten Sie mit 30 Mal pendeln beginnen je Bein und die Übungen auf den Tag verteilen. Vielleicht nach einer Stunde oder nach zwei Stunden noch einmal 30 Mal jedes Bein im Türrahmen hin und her schwingen. 90 Bewegungen pro Tag sollten mindestens sein, um erfolgreich zu sein.

In den ersten 6-8 Wochen sollten 90 bis 180 Mal täglich das eine und dann das andere Bein im Türrahmen bewegt werden, mit oder ohne Ball.

Die Korrektur ist sehr wichtig, denn die Muskulatur braucht ca. 6-8 Wochen oder auch länger, um sich zu ändern.

Diese zwei Übungen können Ihr Leben verändern, einfach anfangen.

Ich mache diese Übungen täglich, bin gesund und habe keine Schmerzen mehr, Wie schon beschrieben, nehme ich auf nichts im Alltag mehr Rücksicht. Sollte es einmal irgendwo zwicken, mache ich die Übungen intensiver.

Meine Frau muss ich öfter daran erinnern, denn wenn es einem gut geht, vergisst man leicht die Übungen. So sind wir Menschen. Und es nimmt wirklich nicht viel Zeit in Anspruch.

Ich wünsche Ihnen viel Erfolg.

Diese Übungen sind auch zur Vorbeugung sehr wichtig, vor und nach jedem Sport, man muss nicht erst Rückenschmerzen bekommen.

Übung Eins und Zwei noch einmal beschrieben

Die zwei Übungen

Hüft- und Beinlängenkorrektur

Die Übung ist auf dem Rücken liegend und oder im Stehen durchzuführen.

a) Im Stehen

Heben Sie ein Bein angewinkelt an, bis dessen Oberschenkel etwa waagerecht ist. Drücken Sie nun mit der Faust an den Oberschenkel, so wie auf den Bildern beschrieben.

Bewegen Sie das Bein etwas nach außen, setzen Sie jetzt das Bein wieder neben das andere auf den Boden und zwar so, dass der Fuß wie beim Fahrradfahren einen kleinen Bogen beschreibt, bis er wieder neben dem anderen Fuß steht. Diese Übung empfiehlt sich besonders vor und nach dem Autofahren und nach längerem Sitzen. In hartnäckigen Fällen nach jedem Sitzen durchführen.

b) Auf dem Rücken liegend

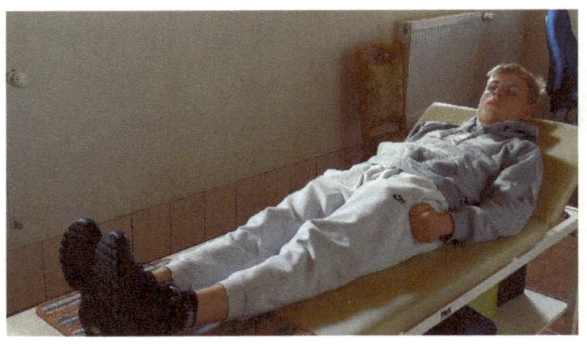

Wie auf den Bildern beschrieben

Die Bewegungen im Liegen sind die gleichen wie im Stehen. Sie winkeln ein Bein an, bis Oberschenkel und Rumpf einen rechten Winkel bilden. Sie legen die Faust gegen den Oberschenkel, so wie auf den Bildern. Aber erst wenn das Bein wieder heruntergelassen wird (Faust an der Hosennaht, Arme so lang lassen wie sie sind) drücken Sie gegen den Oberschenkel, während Sie gleichzeitig das Bein mit einer leichten Bogenbewegung ablegen.

Achten sie darauf, dass Sie mit der Faust so lange am Oberschenkel drücken, bis das Übungsbein neben dem andern liegt.

Täglich vor dem Schlafen im Bett ausgeführt, ist diese Übung besonders effizient, weil der Oberschenkelkopf dann während der ganzen Nacht in der Hüftpfanne liegt und die Bänder sich regenerieren können. Diese Effizienz erreicht man auch morgens vor dem Aufstehen im Bett. Da man sich nachts dreht, sollte man morgens auch diese Übung machen ca. 4 Mal rechts links im Wechsel (rechts; links, rechts, links, rechts, …).

Kreuzbeinkorrektur

Eine Gesäßhälfte gegen den Türrahmen, mit den Händen gegen den anderen Türrahmen drücken, damit etwas Druck auf das Kreuzbein kommt, dann anfangen, das Bein zu schwingen 30 Mal hin und her.

Danach dreht man sich um und schwingt mit dem anderen Bein 30 Mal hin und her. Diese Übung sollte 3 Mal wiederholt werden, sodass man 90 Mal das Bein bewegt hat, täglich morgens und abends.

Nach der Übung (Korrektur des Kreuzbeines) muss die Hüfte korrigiert werden, wie beschrieben. Erste Übung.

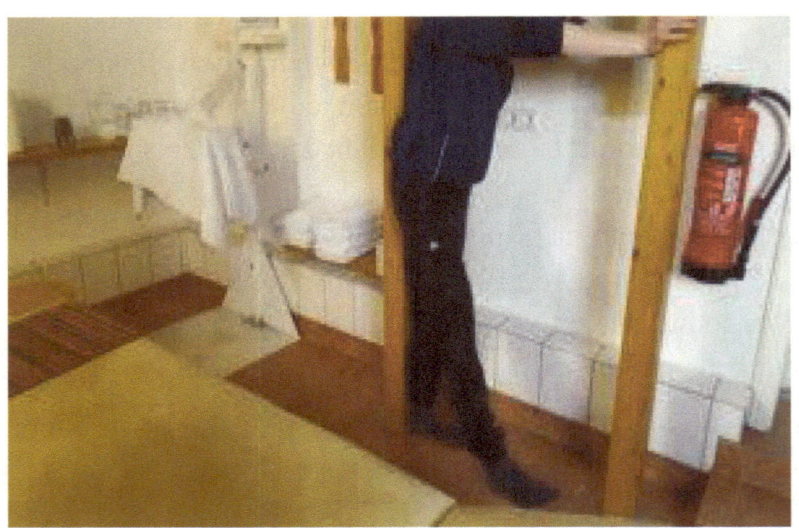

Zeitfracht Medien GmbH
Ferdinand-Jühlke-Straße 7
99095 Erfurt, Deutschland
produktsicherheit@kolibri360.de